CÍRCULO *Luna Parque*
DE POEMAS *Fósforo*

De uma a outra ilha

Ana Martins Marques

Ele e seu feminino Ilha
[Il et son féminin Île]

Edmond Jabès

A ilha é verde
esmeralda

Nos botes
os emigrantes sonham
calçar a relva tenra
com seus pés molhados

queimam de desejo
e anseiam por [̣]

como queimou o campo
de refugiados de Moria
o mais insalubre da Europa
que chegou a abrigar mais de 12 mil imigrantes,
quatro vezes mais que sua capacidade declarada,
incluindo 4 mil crianças e adolescentes

— em março de 2019, uma menina morreu
em um contêiner queimado
em setembro, duas pessoas morreram
em um incêndio

— onde estão
após abandonar
a terra onde nasceram
ou após terem sido
abandonados por ela
tendo ela ido embora dizendo

como a virgindade a Safo:
Nunca mais voltarei para ti, nunca mais

*

Seus poemas nos chegaram
em pedaços
quebrados como vasos de cerâmica
ou conchas espatifadas na praia
      palavras como ilhas
cercadas de silêncio
por todos os lados

*

Palavras
em frangalhos
como se também a língua
tivesse passado
pelo domínio de Eros
      que *dilacera*
— o *quebra-*
-membros
— e da fala
      estilhaçada
restasse
um arquipélago

desejo
perfumes
    ] tuas roupas
com certeza um sinal

*

Nascida em Lesbos
é possível que Safo
tenha sido obrigada
a se exilar na Sicília
com sua família
por volta de 590 a.C.
provavelmente por razões políticas

a décima musa
segundo Platão

de uma a outra ilha
cercada de água e luz
como uma cabeça
por uma grinalda

*

Pense no que vai ficar
guardado para o futuro
talvez não os decretos
não os acordos
não os despachos
não os pedidos de asilo
não os vistos de trabalho
negados
mas trechos de um poema
displicentemente copiado
por um colegial distraído
a foto de uma pilha
de coletes salva-vidas

*

Esses jovens, homens e mulheres,
deviam poder quebrar-se
gradualmente contra o mundo
e não ser lançados assim
ao mar escuro
com seus coletes alaranjados
faiscando
desabando depois na praia
com o baque de um jornal
arremessado sobre o muro
por um motociclista apressado

ininvelhecíveis

*

Quando a fronteira é o mar
movente
verde violento
subindo e descendo
com a maré
quando uma árvore não pode crescer
sobre a fronteira
quando não só a nuvem não só o pássaro
também o peixe pode atravessá-la
e uma jovem com os cabelos
flutuantes
num colete salva-vidas
que não atendia
às normas de fabricação

*

A linha da fronteira
no mapa
rugindo recuando
verde esmeralda

*

Safo diz
— segundo Aristóteles —
que morrer é um mal;
assim julgam os deuses
já que eles não morrem

*

Em 2015
cerca de 800 mil refugiados
em sua maioria sírios e iraquianos
transitaram por Lesbos
com a esperança de chegar aos países
da Europa setentrional

As praias de Molinos, Etfalou
e Skala Sikamia
ficaram cobertas
de coletes salva-vidas

*

Egeu
o mar
fala por si

*

Nos poemas
colchetes indicam
que algo falta
no começo no meio
ou no fim do verso

o que se coloca dentro do colchete
é uma conjectura
o que se supõe que poderia
estar no trecho que falta

cruzes indicam que uma passagem
que chegou textualmente
está, na visão do editor,
provavelmente corrompida

mas ninguém foi capaz
até o momento
de fazer uma sugestão mais convincente

*

O mar não escolhe entre a nau
e o naufrágio

como para a primavera é indiferente
o mel ou a abelha

*

Milhares de imigrantes dormiram ao relento
na ilha grega de Lesbos
depois que um incêndio arrasou
seu acampamento
deixando-os sem ter para onde ir.
Segundo o governo grego, o incêndio
foi causado pelos próprios imigrantes
em protesto contra a quarentena imposta
para impedir a transmissão do coronavírus.
Autoridades da Grécia transferiram
mais de 400 crianças e adolescentes
desacompanhados
para o território continental
em três voos fretados.
Uma menina congolesa de 8 anos
chamada Valencia, que estava descalça,
gesticulou para um repórter da Reuters
para demonstrar que estava com fome
e pediu um biscoito.
*Nossa casa pegou fogo,
meus sapatos pegaram fogo
não temos comida nem água.*

*

Na parte oeste da ilha
está a floresta petrificada de Lesbos.
A formação dessa floresta
está diretamente relacionada
com a intensa atividade vulcânica.

Cinza vulcânica e outros materiais
cobriram completamente a vegetação da área.
Fluidos termais ricos em sílica
penetraram nas árvores e misturaram-se
com os materiais vulcânicos
dando início ao processo de fossilização
conhecido como petrificação.
Os materiais orgânicos das plantas
foram substituídos
molécula a molécula
por materiais inorgânicos
e características morfológicas
dos troncos e de outras partes das árvores
como os anéis de crescimento
e a estrutura interna da madeira
foram preservados
em excelentes condições.
A erosão natural das rochas vulcânicas
e as escavações sistemáticas realizadas na área
revelaram uma infinidade de troncos fósseis
ainda erguidos
com suas raízes no solo
no mesmo local onde essas plantas germinaram e cresceram
há cerca de 20 milhões de anos.

*

Toda a música de Safo
se perdeu.

*

Ok
*Uma longa viagem a partir de onde nós estávamos
para não ver muita coisa.
Muitos troncos de árvores petrificadas
espalhados por uma grande área.
Estava muito quente e sem sombra
e era preciso caminhar muito
para ver a maioria das árvores.
Não é caro para entrar
e se você estiver na área
sem nada pra fazer
dê uma olhada.*

Você tem que ir, se estiver em Lesbos
*Um sítio realmente único.
Você vai precisar
de pelo menos uma hora e meia
para visitar
mas vale a pena.
Com uma pequena taxa de cerca de 2 euros
e horário de funcionamento das 8h às 16h
tem que começar cedo se você vier de Mitilene
(quase 2 horas de viagem).
Use calçados confortáveis
e chapéu, se tiver;
você vai precisar.*

Muito dramático
*Parece a Escócia.
O tempo estava muito nublado*

*e então, fora da névoa,
estavam essas extraordinárias
árvores de pedra.
Nunca vi nada igual.
Fascinante
e uma bela desculpa
para uma boa caminhada.*

Chato e muito quente sem sombra
*Uma viagem
extremamente chata
a não ser que você curta
árvores mortas.*

*

Em 2004
Michael Gronewald e Robert Daniel anunciaram
que um papiro da Universidade de Colônia,
que embalava uma múmia,
continha fragmentos de poemas de Safo.
Datado do século III a.c., esse papiro é hoje
o manuscrito mais antigo da obra de Safo.
O Fragmento 58C trata da velhice
da pele que envelhece
dos cabelos
que se tornam grisalhos
dos joelhos que eram ágeis para a dança
e já não se firmam
e exorta a aproveitar a juventude
a beleza e a música.

O poema é também conhecido
como *poema de Titono*
porque menciona o mito:
a deusa Aurora se apaixonou por Titono
e pediu a Zeus que o tornasse imortal
mas esqueceu de pedir também
a juventude eterna
de modo que Titono envelheceu tanto
que Aurora o encerrou
num quarto escuro
onde, segundo algumas versões do mito,
ele acabou por transformar-se
em uma cigarra.

*

Uma dificuldade
com os poemas antigos
é às vezes saber
onde começa e onde termina um poema
se um fragmento faz ou não
parte de um determinado poema
ou se é um novo poema
que não havia sido ainda encontrado
se estamos diante de dois poemas diferentes
ou de uma variação de um mesmo poema
entrar e sair de um poema
não é como entrar e sair de um país
mas antes como entrar e sair do mar
também os poemas têm fronteiras
e nem sempre é fácil atravessá-las
corônides (¬) indicam que se trata

provavelmente
do começo ou do fim do poema
um dado importante quando se está lidando
com fragmentos antigos
o único poema de Safo
com duas corônides — uma no início
e outra no fim — é o Fragmento 1 —
o hino a Afrodite —
o único considerado
um poema completo

*

Existem muitos modos de guardar
escrever embalsamar gravar
mas também: esquecer abandonar
estilhaçar

*

Uma coisa é incendiar-se o coração
outra coisa, incendiarem-se os sapatos

*

Eros,
diz Anne Carson,
tem a ver com fronteira

*

Amir conseguiu deixar Moria
encontrou um trabalho como ajudante
e depois como costureiro
alugou uma casa na capital de Lesbos, Mitilene,
onde optou por ficar
depois de ter seu pedido de asilo aceito.

Ali Zaid, 23 anos, iraquiano da Babilônia,
vive já há cinco meses
no acampamento improvisado.
Ele deixou o Iraque
para fugir do Estado Islâmico
depois que seu irmão foi morto.

Mesmo tendo vivido a guerra,
Samir Alhabr,
engenheiro iraquiano de 26 anos,
descreveu o acampamento improvisado como
um lugar muito perigoso.
Alhabr, que viu os militantes do Estado Islâmico
executarem seu pai e seu irmão
e testemunhou muitas outras mortes no Iraque,
disse: *Este lugar não é bom.*

Ele passou a dormir com seus bens mais valiosos
— celular, dinheiro e cigarros —
guardados em seus bolsos
para evitar ser roubado enquanto dorme.

*

Porque não são como as árvores
presas a um lugar
partiram porque tiveram que partir
tiveram uma casa pais paisagens
são comerciantes costureiros engenheiros pianistas
não são como as árvores
ainda menos como árvores calcinadas
arrancaram com as mãos as próprias raízes
e com dificuldade partiram, carregando-as
como mulheres levando a barra dos vestidos

*

    quase tudo perderam
mas não a memória do tempo
em que algo ainda tinham
e a carregam consigo
como um segundo coração

enraizados na errância
    e com quase só as vagas
por valises

*

Mas tudo se deve suportar
porque [ ]

*

Em 2008, um grupo da população de Lesbos
solicitou o banimento judicial do termo *lésbica*

para designar mulheres homossexuais
com a justificativa de que seus direitos humanos
estariam sendo *violados*, envergonhando-os
ao redor do mundo. O grupo de três residentes
apelou à justiça, mas perdeu o processo
contra a comunidade LGBT da Grécia,
tendo que arcar com as despesas judiciais
de 230 euros.

*

Colchetes são excitantes
diz Anne Carson
na introdução de sua tradução
dos fragmentos de Safo:
Ainda que você esteja se aproximando de Safo
por uma tradução, não há razão para você perder
o drama de tentar ler um papiro rasgado em dois
ou crivado de buracos ou menor que um selo postal
— colchetes implicam um espaço livre
para a aventura da imaginação

*

[ ] já se aborreceram
estragaram os olhos
em relatórios
tiveram dúvidas
sobre se casar ou não
sobre comprar ou não
um casaco caro
seus dias foram cheios

de tragédias miúdas
contabilidade e música
mijaram ao ar livre
com os olhos na paisagem
verde e ouro
se impacientaram esperando
um amigo uma reunião o elevador
que um quadro no museu afinal revelasse
por que é bom como dizem que é
apontaram para o céu fingindo conhecer
as constelações
já duvidaram da destreza
das próprias mãos
já deixaram de anotar um verso
para não deixar de acariciar o gato
já desejaram ter
outro nome uma casa maior um veleiro
ao menos uma foto com um amigo que partiu
cedo demais
já sentiram crescer
como um pato inflado por um cozinheiro chinês
a casa onde um dia viveram com alguém
já se perderam tentando seguir um mapa
confuso ou incompleto
já pararam para ver o sol
acender um pedaço
de parede amarela
já ficaram muitas horas
sentados numa escada
esperando a chave
já sonharam com emboscadas

com um cômodo inexistente na casa de infância
já acordaram pela manhã
com a leve lembrança de um sonho
e passaram todo o dia
levando algo desse sonho
como um fiapo entre os dentes
ou ao contrário como um copo cheio
que nos esforçamos por transportar
sem derramar
já disseram algo e depois disseram
que não era isso
que queriam dizer
já se perguntaram se era
só desejo ou algo mais
só medo ou algo mais
só cansaço ou algo mais
já procuraram no dicionário
uma mesma palavra
mais de uma vez
já escolheram mal
um presente de aniversário
agora estão atravessando o mar
num bote
como crianças levando-se a si mesmas
pela mão
trazem o próprio coração
como um cão
bravo mas fiel
um cachorro que ao mesmo tempo
segue o dono e fica
guardando a casa abandonada
um cão um coração

de caça
um cão um coração
de guarda

*

[ ] arrastando-se
para outra a mesma vida

*

O trabalho dos séculos:
depositar camadas de coisas
sobre a terra
e depois fazer delas
de novo terra

disfarçar que o mundo é pobre
sobrepondo-lhe
adereços

O trabalho dos séculos:
guardar contra si mesmo
contra seu próprio apetite
restos de edificações
esqueletos de pássaros
inventários de barcos
um único brinco
porcelana trincada

depois destruir
de novo
tudo

*

Em 1930, Medea Norsa,
filóloga e helenista italiana
especialista em papirologia,
encontrou o texto do Fragmento 2 de Safo
em um óstracon do período ptolomaico
(século II a.C.).
Um óstracon era, originalmente,
uma *concha de ostra*.
Mais tarde passou a designar
qualquer pedaço de cerâmica
usado para escrever sobre ele.
O óstracon contendo o Fragmento 2
é um caco triangular de cerâmica
do tamanho aproximado
da mão de um adulto.
A peça foi encontrada no Egito
numa escavação em Oxirrinco.
O óstracon estava danificado
em seu canto superior direito
e trazia algumas letras apagadas.
O texto era irregular, mostrando uma escrita
cuidadosa no início e apressada no final,
sem quebrar a linha a cada verso.
Além disso, o escriba que copiou o texto cometeu
numerosos erros e omissões. Esse fato,
aliado à natureza do suporte físico,
leva a crer tratar-se
de um exercício escolar.

*

Escrita no papiro
que é planta
ou na cerâmica
que é terra
copiada por um colegial distraído
ou citada por um gramático
como um exemplo do uso
de advérbios negativos
a mesma palavra muda
quando muda
seu modo de chegar?

*

...tantos
tendo abandonado o lar paterno
deixando atrás de si
tanto quanto erraram no passado
para com sorte ganhar o porto
(a amada é mais bela que um barco
e a pátria é como o óleo da oliveira
não se mistura com a água
nem o mar o lava)

[mas] tantos nem mesmo
cova alcançaram
nem mesmo rede e remo
    mementos de uma vida mísera
como Pelagon, pescador,
puderam ter em sua tumba
mas só o próprio mar
por mausoléu

*

Cemitério marinho
o mar — come-carnes
e as devolve
espumando —
arrota as rotas
— cobra que num bote
abate-gente
— brilhando brilhante
azul azuis

*

(Agora
a cada vez que abro o Facebook
surgem entre as postagens
vídeos sobre acampamentos,
crianças, tendas brancas e azuis

sem som
eles começam a rodar sozinhos)

*

O poema vem do canto
diz Jean-Christophe Bailly num ensaio
e se recorda de ter sido cantado

*

[   ] será preciso então
quebrar-se

para que se produza
uma mínima canção
queimar por um só poema
incompleto e imprestável
    sua pequena chama

*

Foi aqui
nesta ilha
que alguém trançou palavras
como cabelos
e se não inventou o amor
inventou algo do amor
e o chamou *doce-amargo*
afrouxa-membros
impossível de resistir
de algum modo traduziu
suas línguas antigas
como a rocha vulcânica
traduz a lava do vulcão

*

Às vezes parece possível
colocar sobre uma mesma mesa
uma lira e um colete salva-vidas
uma concha e um isqueiro
um poema e um passaporte
uma guirlanda de flores
uma pedra vulcânica
dinheiro, celular, cigarros

mas não é bem assim
o passado
não é uma mesa
é antes um sótão
um armário
com gavetas
incrustadas
em você, no mundo
encravadas na carne
nos livros nos dias

já estava assim
quando cheguei
o mundo
mobiliado

*

Como uma abelha atraída
pelas flores pintadas
num pano de prato
como alguém que busca a pátria
e encontra o acampamento
(ou como alguém que tenta
escrever um poema
como se o copiasse de um papiro rasgado em dois
ou crivado de buracos ou menor
que um selo postal)

*

Há referências à Lídia
nos poemas de Safo

e a Sardes
sua capital luxuosa

Acredita-se
que o uso da moeda
tenha sido inventado ali
por volta do século VII a.C.

*

Leio num artigo que Lesbos
está tão próxima
da Ásia Menor que
num dia claro
você pode pensar
que poderia atravessar
nadando
*até a costa da incomensuravelmente rica Lídia
daqueles dias*
ou de lá
onde é hoje a Turquia
*até a incomensuravelmente rica Europa
de hoje*

*

(Seria preciso
talvez
retirar toda a ideia de beleza
que se assentou
em torno desse nome
Lesbos

como uma guirlanda feita
do alvoroço das meninas
do alvoroço dos turistas
vidrilhos que são como cacos
do mar brilhante
afastar a beleza
como se afasta uma mosca
abanando as mãos
e ver
de fato ver
a montanha de coletes
salva-vidas
ela mesma uma ilha
cercada de ilha
por todos os lados)

*

A primeira estrofe do Fragmento 2 de Safo
— que chegou até nós primeiro
pela alusão casual de um retórico,
Hermógenes de Tarso
(que viveu mais ou menos 800 anos
após a época de Safo),
depois, aparentemente quase completo,
na década de 1930,
por um achado arqueológico —
contém uma oração (literalmente:
para cá para mim desde Creta...)
que sugere que um verbo no imperativo
foi deixado implícito
— um verbo como *vem*,
aproxima-te, *chega*

*

[ ] o exílio é como a maçã avermelhando
no galho alto
fora de alcance —
a terra que esqueceram
não, não esqueceram
apenas não puderam
alcançá-la

*

[ ] e não parece estranho
que o próprio mar
não enlouqueça?
ao contrário resta quieto
como um hospital
mais antigo que os papiros
que as árvores calcinadas
pintado de azul nos mapas
como os mantos
das estátuas

*

Aconteceu de as coisas se destruírem
mas que algo delas não se destruísse.
Aconteceu de os lugares se espatifarem contra o tempo
mas que algo deles perseverasse no tempo.
Aconteceu de algo acontecer
deixando um rastro do acontecido.
Aconteceu com uma pegada de animal,

com o resto de um rosto num pano esgarçado,
com pentes, panelas, uma unha de urso.
Aconteceu com o que mais se amou
e com o que menos se amou
e com o mais útil e com o mais inútil
e com uma árvore e com um camundongo e com um coral
e com uma pedra e com um pneu e com um poema.

Nota da autora

Este poema toma como referências uma série de textos (e, às vezes, se apropria literalmente de trechos deles), entre os quais:

Safo: fragmentos completos. Trad. Guilherme Gontijo Flores. São Paulo: Editora 34, 2017.
Leonardo Mario Ferraro; Eduardo Fischli Laschuk. "Safo, Fragmento 2: Tradução e comentário". In: *Translatio*, Porto Alegre, n. 12, dezembro de 2016.
Anne Carson. "Introduction". In: *If not, Winter: fragments of Sappho*. Nova York: Vintage Books Edition, 2003.
Anne Carson. *Eros the Bittersweet*. Dallas; Dublin: Dalke Archive Press, 2022.
Maria João Ribeiro Picas Carvalho. *Geoparque da Floresta Petrificada de Lesbos (Grécia): Balanço de 10 anos de atividade no património geológico e na comunidade local*. Dissertação de Mestrado em Patrimônio Geológico e Conservação, Universidade do Minho, 2013.
Verbetes "Lesbos" e "Lídia" da Wikipédia em português.

O poema se apropria também de trechos de uma série de reportagens e matérias jornalísticas.

Posfácio

Por Guilherme Gontijo Flores

A velha Hélade, assim como boa parte da Grécia atual, era, na verdade, um arquipélago, um conjunto imenso de ilhotas em diálogo constante entre si, cada uma com sua vida própria, sua pólis, isto é, sua cidade-estado independente do ponto de vista político, econômico, bélico e cultural. Nesse conjunto, o continente é só uma ilha muito grande.

Logo se poderia pensar: *No man is an island*, como diz o adágio do poeta inglês John Donne. Ao que um John Doe qualquer, um fulano pela esquina, poderia contrapor que "qualquer pessoa é uma ilha". Mas atentem: ilha, não porque se isola, mas precisamente porque interage a partir de abismos marinhos; a partir das diferenças que não aceitam fácil resolução.

Helenos também, pra quem não sabe, eram, como agora são os gregos, bastante orientais. Longe de serem o bastião da pureza ocidental, eram/são formados pelo entrecruzamento infinito de povos em deslocamento, de culturas em choque interativo. Ou seja: o fundamento da cultura grega, ou da cultura do Ocidente, se quiserem, é precisamente o intercurso do Mediterrâneo como cruzamento da África, da Ásia e da Europa. Povos da terra. Povos no mar. Povos-ilhas.

Assim se situa este novo livro de Ana Martins Marques, que é, por sua vez, o cruzamento muito impactante da sua lírica continuamente íntima e metalinguística com o embate das políticas contemporâneas diante dos grandes blocos de refugiados que seguem atravessando o risco do mar e da terra. Muitos deles têm sua possível entrada no mundo europeu precisamente pela ilha de Lesbos. Aquela, a própria, que abrigou a poeta Safo, provavelmente na virada do séc. VI a.C.; aquela que acalenta as fantasias do lesbianismo da poesia homoerótica de Safo. Aquela ilha quase irreal, que está aqui, entre nós, entre ilhas.

Assim, os poemas — como que fragmentos, entre coletas de trechos citados a partir de várias traduções-ilhas de Safo e de dados contemporâneos do drama dos refugiados e imigrantes — vão entrelaçando a trama possível dos afetos políticos no presente. Por um lado, este livro dialoga profundamente com outros livros recentes, atentos ao tema, como o forte *O mundo mutilado*, de Prisca Agustoni; porém por uma via totalmente diversa e singular, em que a poesia de Ana Martins Marques atinge pontos vertiginosos e novos, aberta a feridas de dentro e de fora. Aqui, poesia é pensamento e ação.

Copyright © 2023 Ana Martins Marques

Todos os direitos reservados. Nenhuma parte desta obra pode ser reproduzida, arquivada ou transmitida de nenhuma forma ou por nenhum meio sem a permissão expressa e por escrito da Editora Fósforo e da Luna Parque Edições.

EQUIPE DE PRODUÇÃO
Ana Luiza Greco, Fernanda Diamant, Isabella Martino, Julia Monteiro, Leonardo Gandolfi, Mariana Correia Santos, Marília Garcia, Rita Mattar, Zilmara Pimentel
IMAGENS Fragmentos de pergaminho com trechos de poemas de Safo (Altes Museum, Berlim)
REVISÃO Eduardo Russo
PROJETO GRÁFICO Alles Blau
EDITORAÇÃO ELETRÔNICA Página Viva

Dados Internacionais de Catalogação na Publicação (CIP)
(Câmara Brasileira do Livro, SP, Brasil)

Marques, Ana Martins
  De uma a outra ilha / Ana Martins Marques. — 1. ed. —
São Paulo : Círculo de poemas, 2023.

  ISBN: 978-65-84574-54-0

  1. Poesia brasileira I. Título.

23-148440   CDD — B869.1

Índice para catálogo sistemático:
1. Poesia : Literatura brasileira   B869.1

Eliane de Freitas Leite — Bibliotecária — CRB-8/8415

CÍRCULO *Luna Parque*
DE POEMAS *Fósforo*

circulodepoemas.com.br
lunaparque.com.br
fosforoeditora.com.br

Editora Fósforo
Rua 24 de Maio, 270/276, 10º andar
01041-001 — São Paulo/SP — Brasil

CÍRCULO DE POEMAS *Luna Parque Fósforo*

LIVROS

1. Dia garimpo
Julieta Barbara
2. Poemas reunidos
Miriam Alves
3. Dança para cavalos
Ana Estaregui
4. História(s) do cinema
Jean-Luc Godard
(trad. Zéfere)
5. A água é uma máquina do tempo
Aline Motta
6. Ondula, savana branca
Ruy Duarte de Carvalho
7. rio pequeno
floresta
8. Poema de amor pós-colonial
Natalie Diaz
(trad. Rubens Akira Kuana)
9. Labor de sondar [1977-2022]
Lu Menezes
10. O fato e a coisa
Torquato Neto
11. Garotas em tempos suspensos
Tamara Kamenszain
(trad. Paloma Vidal)
12. A previsão do tempo para navios
Rob Packer
13. PRETOVÍRGULA
Lucas Litrento
14. A morte também aprecia o jazz
Edimilson de Almeida Pereira
15. Holograma
Mariana Godoy
16. A tradição
Jericho Brown
(trad. Stephanie Borges)
17. Sequências
Júlio Castañon Guimarães
18. Uma volta pela lagoa
Juliana Krapp

PLAQUETES

1. Macala
Luciany Aparecida
2. As três Marias no túmulo de Jan Van Eyck
Marcelo Ariel
3. Brincadeira de correr
Marcella Faria
4. Robert Cornelius, fabricante de lâmpadas, vê alguém
Carlos Augusto Lima
5. Diquixi
Edimilson de Almeida Pereira
6. Goya, a linha de sutura
Vilma Arêas
7. Rastros
Prisca Agustoni
8. A viva
Marcos Siscar
9. O pai do artista
Daniel Arelli
10. A vida dos espectros
Franklin Alves Dassie
11. Grumixamas e jaboticabas
Viviane Nogueira
12. Rir até os ossos
Eduardo Jorge
13. São Sebastião das Três Orelhas
Fabrício Corsaletti
14. Takimadalar, as ilhas invisíveis
Socorro Acioli
15. Braxília não-lugar
Nicolas Behr
16. Brasil, uma trégua
Regina Azevedo
17. O mapa de casa
Jorge Augusto
18. Era uma vez no Atlântico Norte
Cesare Rodrigues

> **Você já é assinante do Círculo de poemas?**
>
> Escolha sua assinatura e receba todo mês em casa nossas caixinhas contendo 1 livro e 1 plaquete.
>
> Visite nosso site e saiba mais:
> www.circulodepoemas.com.br

CÍRCULO *Luna Parque*
DE POEMAS *Fósforo*

Este livro foi composto em GT Alpina e GT Flexa e impresso pela gráfica Ipsis em maio de 2023. Uma coisa é incendiar-se o coração; outra coisa é incendiarem-se os sapatos.

A marca FSC® é a garantia de que a madeira utilizada na fabricação do papel deste livro provém de florestas gerenciadas de maneira ambientalmente correta, socialmente justa e economicamente viável e de outras fontes de origem controlada.